JN012873

出逢い　横浜中華街セミナーランチ会

初めてのワインデート

梅屋敷の紅梅

梅屋敷の白梅

梅屋敷のファーストキス

イラスト：中村美紀さん

諏訪湖の御神渡り

諏訪大社本宮

初めて瑠珂さんを友人に紹介　鶴見 SVB にて

静岡県菊川市にて

みずほの実家で野良仕事

二人で草取りをした花壇と畑

御蔵島元根を背景に漁船上にて

天然記念物　ミクラミヤマクワガタ

野生イルカ傑作選　撮影：海神瑠珂

野生イルカ傑作選　撮影：海神瑠珂

御蔵島　島分橋からの遠景

サプライズのウェディングケーキ

二人で即興バンド

癒しイベントに二人で出展

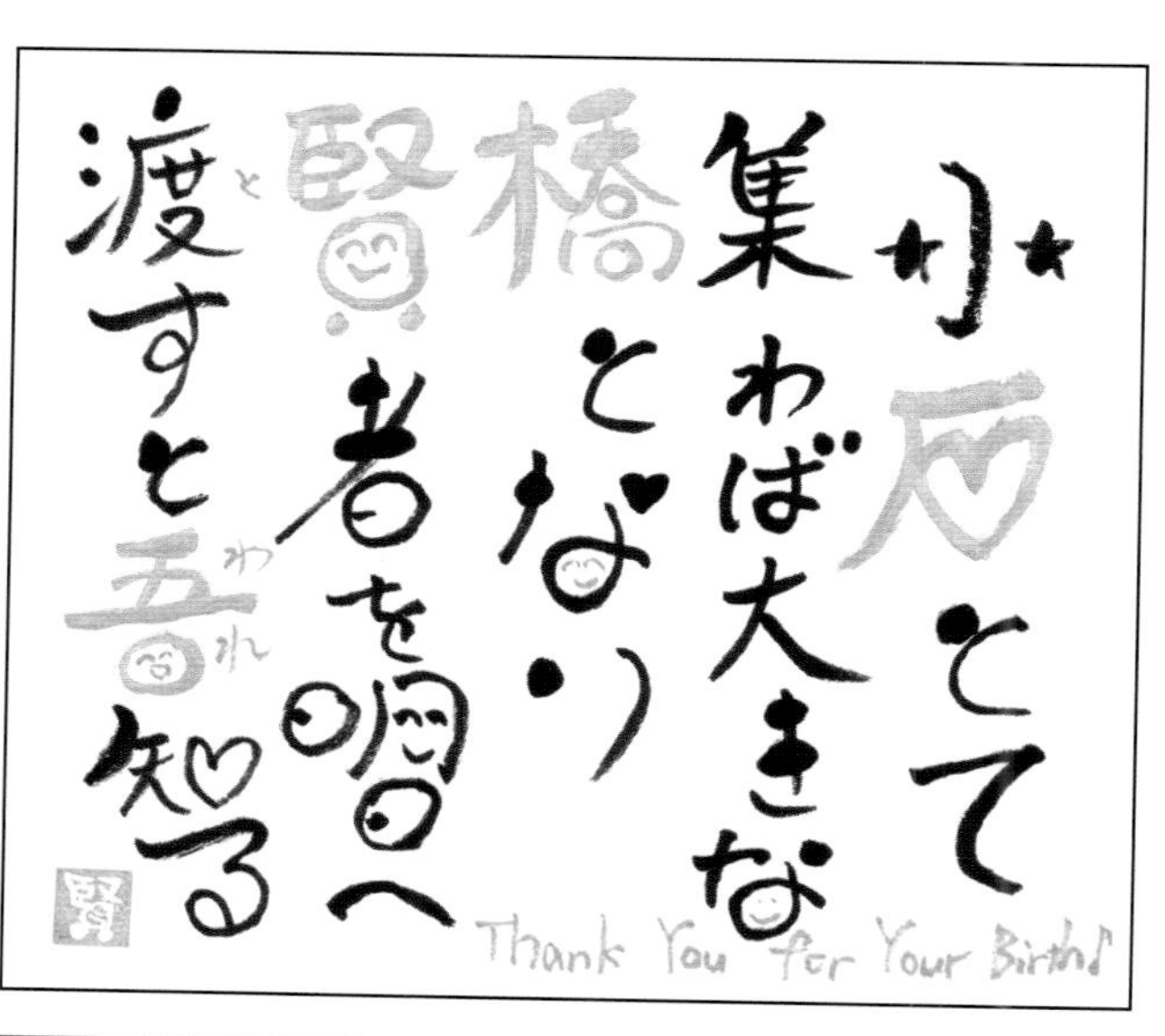

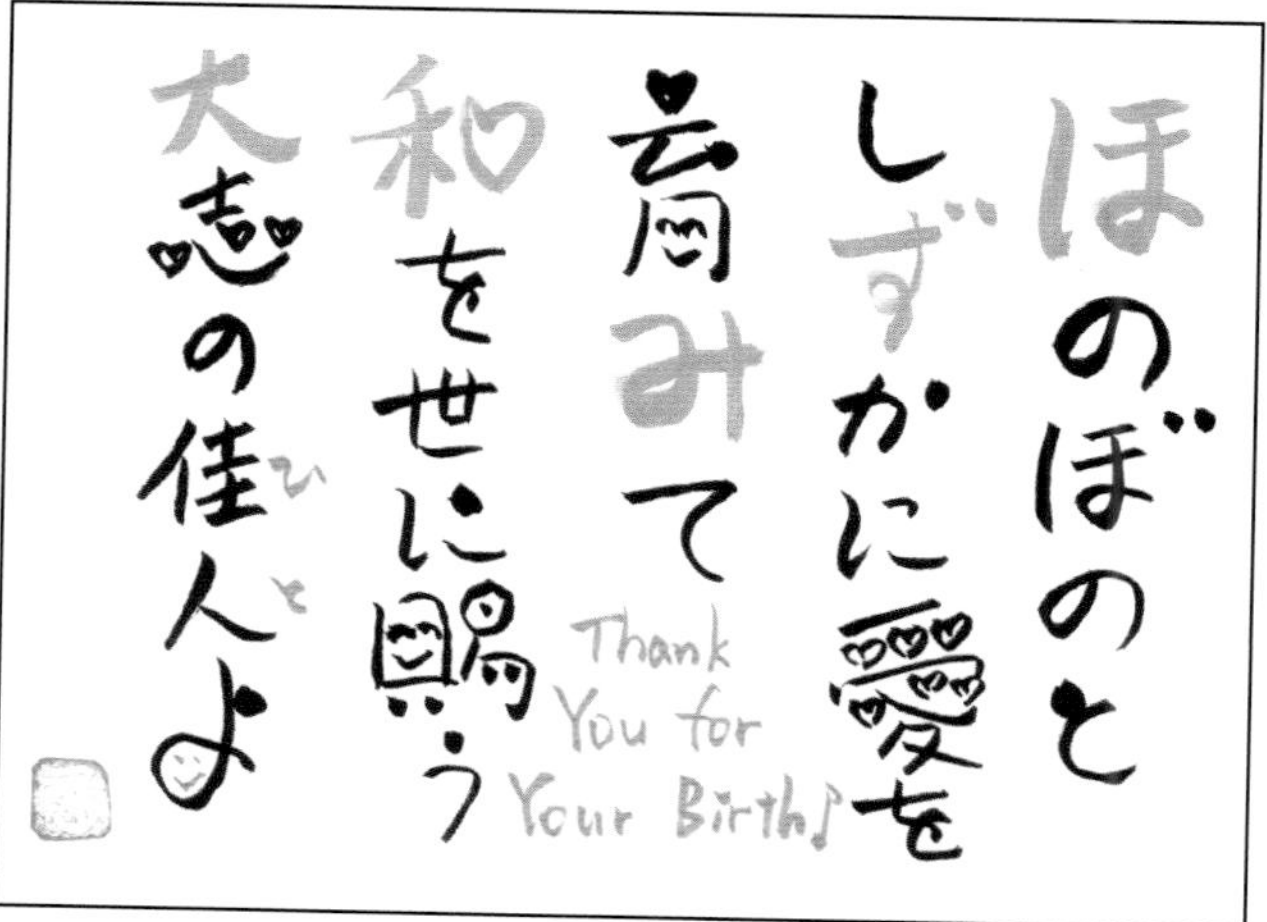

瑠珂のオリジナル　お名前織り込み詠書

筑波山神社　天の浮橋にて

結婚１周年　里佳さんからの祝福収録

ホンマルラジオ湘南局にて　収録風景

入籍記念日　郡上市役所にて

モンゴルレストランにて　民族衣装

江ノ島神社にて

結婚 2 周年記念　瑠珂制作ハートオブジェ

君想う　こころ変わらじ

―人生一〇〇年時代のラヴストーリー―

海神（わだつみ）瑠珂（るか）
大和（やまと）　みずほ

湘南社

序

海神瑠珂（わだつみるか）の歌集と大和（やまと）みずほのエッセイをまとめる作業に入ったのは、二〇一九年九月。元号が改まり令和となった元年です。日本の元号は、中国の古書から採用するのが慣例であったところ、初めて日本の古書である万葉集から採用されて話題となりました。「万葉集」は、令（うるわ）しく平和に生きる日本人の原点です、と『万葉集の秀歌』（中西進著　ちくま学芸文庫）の帯文にあります。この万葉集に瑠珂は、子どもの頃から親しんでいました。歌人でもあった伯父の手ほどきを受け、万葉集にある短歌を暗記しているほどだったようです。

瑠珂とみずほの出会いは、元号が改まる前年の二〇一八（平成三〇）年ですが、それまでまったく面識のなかった二人が、急速に互いの理解を深め、親しみ和んでいったのは、短歌のおかげでした。瑠珂は、メールの文では恥ずかしい内容でも短歌なら表現できるようでした。短歌は、気持ちを伝える潤滑油であり、気持ちを深め味わい深いものにする触媒となる効力がありました。

還暦直前の女性と五歳年下の男性の熟年初婚同士のカップルは、周囲の人たちを大きく驚かせ、未婚の人には勇気と希望を与えているようです。事実婚を発表してから一年以上が経ちましたが、二人の馴れ初めについて今もって聞かれることが多く、出会ってから入籍までを、本の体裁にしてまとめておきたいと思うようになりました。瑠珂がみずほへ贈った短歌は、出会いの翌日からこれまでに、七百首以上になります。この短歌を世に出すことは、うるわしく和する令和の時代にふさわしいことのように思えるのです。

親の支配から逃れるために、心を完全には開ききらず、心のバリアーを高く築いていた者と、仕事で自己実現するために、親の願いを退けて片田舎から上京し、必死に仕事に邁進し、一人でも凛として生きる術を身につけていた者が、熟年になって出会いました。そして、若者のように恋愛をしました。

そのプロセスで、折々に贈ってくれた瑠珂の短歌を歌集としてまとめ、その背景をみずほのエッセイで書き添えました。世に出すのは気恥ずかしくもありますが、フェイスブックの二人の記事に寄せられた皆様の「癒される」「和みます」「微笑ましい」「いつも楽しんでいます」などのコメントに励まされ勇気を頂いて、執筆に踏み切りました。

恋愛に消極的な人が勇気を持ってくださるのではないか、結婚を遠ざけたり、二の足を踏んでいる熟年の方に、希望を届けられるのではないかという思いもあります。

二人が紡ぐ愛を発信することで、世の中の一つの灯りとなれたら大変嬉しいですし、世の中に愛の波紋が起こる一石となるのなら、二人にとって無上の喜びとなります。

愛の語らいをためらわず、愛の波紋を広げていく時代、それが令和の時代なのではないかと感じています。

二〇二〇年二月吉日　大和 みずほ

目次

第〇章　出逢い

いざ天（そら）よ　かけがえのなきひとに絶えず
数（かぞ）うあたわぬ幸を賜えや

（二〇一八年　誕生日の贈歌）

二〇一八年一月、お正月の行事が一段落し、みずほは岐阜県郡上市の里山の田舎から、神奈川県横須賀市の海の街へ車を走らせていました。五年前に両親の介護で会社を退職し、父の一周忌を前年末に済ませたみずほは、両親のいなくなった田舎の家を維持する責任感と愛着心から少し離れても良いように感じていました。同時に、それまで思うように応じられなかった誘いやイベント等にも参加できるようになったという解放感もありました。その一つが、カウンセラー仲間が二〇一六年から毎月開催しているセミナーランチ会でした。毎月第一日曜の開催日は、月の大半を田舎に滞在しているみずほにとって予定が合わせられなかったのですが、二〇一八年の正月は、普段開催される第一日曜の正月七日ではなく翌八日になったことで、幸運にも参加することができました。

　夫婦問題カウンセラーの友人が開くセミナーランチ会は、横浜の中華街に男女合わせて八人が集まりました。テーマは、「男女の比較心理」でしたが、参加者がそれぞれ頷けることが多く盛会となりました。その際、円卓で隣り合わせたのが、瑠珂とみずほだったのです。

　自己紹介は、瑠珂さんから始まりました。瑠珂さんは友人を介してこのランチ会に参加するようになり、独身なので夫婦問題に悩んでいるわけではなく、女性の心理を学びたいと思って参加しているとのことでした。名刺交換をしながら話を聞き、瑠珂さんが当時二十三年間も毎年イルカと泳ぎ続けてきて、野生イルカの海中生写真を撮り溜めているという内容は、もっと話を聞きたいと興味を惹かれるものでした。

話が盛り上がったランチ会は三時間ほど続き、その後の予定のない四人が残り、近くのホテルのコーヒーショップでお茶会になりました。夕方になって四人のうち三人が残り、「小腹が空いたよね〜」と、再び中華街を散策し三次会まで居残ったのが、主催者の友人と、瑠珂さんとみずほだったのです。

カウンセラー仲間との語り合いは尽きることがなく、大学院で教育心理を専攻していた瑠珂さんを交えて話が弾み、紹興酒が進みました。野生のイルカと泳ぐドルフィンスイムの話や、共通の趣味であるワイン談議では、瑠珂さんのマイナー生産国の豊富な知識を知り、ソムリエの資格を持ってはいても知識の更新をしていないみずほにとって尊敬に値するものでした。

しばらく歓談が続いたのち、「順子(よりこ)さん（みずほの本名）、ワインデートしてくださいませんか？」という誘いの言葉が、友人の面前でなされたのでした。みずほは、「あ、いいですよ」と一秒の間もなく即答したものですから、友人は随分驚いていたようです。「きゃぁ〜、ワインデートに誘われちゃった〜！　男の人から誘われるなんて何年ぶりかしら！　それも年下の人よ！」と言ってはしゃぐみずほは少女のようだったと、後で二人は教えてくれました。

そして、翌日が誕生日であることを思い出したみずほは、誕生日を自己申告し、二人に乾杯をしてもらいました。母を看取った後、病身の父と長く二人暮らしをしてきたみずほにとって、グラスを鳴らす音は、心を弾ませるベルの音のようにも聞こえました。もちろん、その日が瑠珂さんとみずほにとって人生の舵が大きく切られる日になろうことなど、その場に居合わせた誰にも予想のつかないことでした。

翌日、瑠珂さんから誕生日を祝う短歌が送られてきました。最初の五文字は、私が長く勤めていた航空会社の仕事を連想する語句が織り込まれているように思え、短歌を送られたことなどかつて経験したことがなかったみずほは、大変印象深く受け取りました。そして、さっそくワインデートの日程を合わせたところ、一〇日後に田舎へ戻るみずほと調整できる日の選択は限られており、わずか六日後の約束となったのでした。

第一章　ワインデート～忘れ得ぬ君～

忘れ得ぬ君が笑顔の輝きぞ　わが日々に常に彩り添ゆる

正月の八日に行きし横浜に　いと麗しきひとの在りけり

順子(よりこ)姫今朝はいかにと事問わん　きょうも祈るは君が幸せ

今ここの事に一途(いちず)に懸(か)けしのち　心に想うひとは君なり

雪よりも空に欲しきは虹の橋　歩きて君のそばに行きたし

いざ見せよいと艶やかに乱れたる　秘めし姿を腕の中にて

願わくば君をさらいて葡萄酒の　湧き出づ地まで共に行かまし

葡萄朱（しゅ）の色の糸にて想うひと　小指つなぎて隣にあらん

君は西われは東に離れども　絆続くと信じて止まず

からかいの疑い晴らす方法（すべ）知らず　いかに真情（こころ）を伝うか悩む

待ち遠しわが両腕（かいな）にて戻りたる　君を抱きしむそはいつの日ぞ

もはや今君が笑顔ぞ何物に　はるかに優るわが宝なり

この日をも丁寧に生き再会を　指折り数え君想い待つ
明日もまた君に大いに幸あれと　祈るこころは永遠に変わらじ
共に飲む美酒の味忘られぬ　佳き馳走こそ君が笑顔よ
めぐり会い共に今在る嬉しさよ　われも伝えん君を想うと

耳元に息を吹きかけしっとりと　囁きたきは愛の睦言(むつごと)

願わくばこの身を愛の矢と化して　君がこころをいざ貫かん

幾年(いくとせ)も重ねついに出逢いしひと　前世の縁もあるとは嬉し

訪ねたし眠れる君が夢の中　愛しきひとを抱きしむるため

この空は郡上の空に続くもの　君への想い放ち贈らん

愛しさはいよよ溢れてわが身をば　狂わさんほど激しく燃ゆる

つくばより百二十五里西に在る　郡上に早く手紙よ届け

月変わり君にまみえる時のまた　近くなりしがただいと嬉し

横須賀に君戻る日はまだ先よ　一日（ひとひ）乗り越えその日を待たん

感じたし君が生命（いのち）と温もりを　いざ抱きしめん愛しさ募る

音楽はいろいろあれど何よりも　聞きたきは君が胸の鼓動よ

遠き地で机に向かう愛しひとの　業（わざ）よはかどれ日々つつがなく

二心(ふたごころ)疑わる時はこの胸を　割りて死すとも可なりと覚ゆ

おのが道　進みますます輝ける　愛し女神にひかり贈らん

幾度(たび)も何時間でも君いだく　互いの色に染まり塗(まみ)れん

ふたたびのまみゆる時はふたりして　生きる誓いの乾杯をせん

啄木鳥（きつつき）のごと愛らしき頬に数多（あまた）　口づけ降らせ目覚めさせたし

君という佳人（ひと）のすべてが何もかも　言葉にできぬほどの愛しさ

抱き合いてふたり融け合い愛のもと　永遠（とわ）に結ばることのみ望む

いと美味（うま）し君が料理と佳き笑顔　そして葡萄酒楽しみに待つ

ワインデートにしては、少し早い午前十一時半に都内での待ち合わせをしました。瑠珂さんは、当時住んでいた茨城県つくば市から高速バスを利用するため、渋滞に遭わなければ早めに到着するだろうと想像し、みずほも十五分ほど早く着きましたが、既に瑠珂さんの姿は改札口にありました。十一時から待っていたとのことで、待ち合わせの時間ギリギリに行かず良かったと内心ほっとしたものでした。

瑠珂さんおすすめのお店で、マイナー生産国のワインの飲み比べができる六種類セットを選んだのは、ワインデートにふさわしい選択でした。この日もワインの話、イルカの話、心理学の話など共通の話題が多くあり、また瑠珂さんのそれまでのうまくいかなかった恋愛の話しも十分に聞き、その時の私はお姉さんとカウンセラーの役割を意識していたように思います。

そして、最初の出会いのランチ会と同じように、場所を移して昼下がりのティータイム、さらに山の手線で都内を北から南へ移動し、夕方からは銀座のワインバーへと続いたのでした。

この日、互いを理解するのにもっとも役に立ったのは、個性心理学でした。個性心理学は、「陰陽五行説」「四柱推命」「宿曜経」に基づき、人の個性を分類して動物キャラクターに当てはめたイメージ心理学です。瑠珂さんは、個性心理学の手帳を携行しており、互いの性格の特徴を確認して感心したり、笑いあったりしたものでした。

これほど会話が続き、私の知らないブドウ品種の話が聞けるのなら、毎月上京する際にワインデートするというアイデアは、数年間田舎暮らしをしてきたみずほにとって彩りをもたらすものになりそうでした。

それなのに、瑠珂さんに地下鉄の東銀座駅まで送ってもらい、別れ際に言った言葉は、「瑠珂さんは、これから若い女性を見つけて、子どものいる家庭を持つこともできるから、頑張ってね」だったのです。みずほにとって、年下の男性とデートをするのは初めてのことでしたから、瑠珂さんに好感を持ったものの、年上でしかも還暦まであと一年という自分が恋愛の対象になるとは考えにくかったのです。

それに対して瑠珂さんは、「五歳しか違わないじゃないですか」と言ってくれたのです。午前十一時に会ってから約十一時間話し続けられたことで、みずほには「もしかして、ふたりの関係を進めていってもよいのかな」という思いがよぎったのでした。

翌日のメールには、昨日のお礼と共に驚くべき言葉が添えられていました。

「順子（よりこ）さんと私は、ワインレッドの糸で繋がっているのですよ」と。

その言葉は、嬉しくはありましたが、初めてのワインデートの翌日でしたので、さすがに「え？」という感じがしました。そこで、「からかっているんじゃないの？」と、疑念たっぷりの返信をしました。すると、瑠珂さんは「どうやったら私の誠意をわかってもらえるか考えます」と言って、次の日から短歌が送られてくるようになりました。

一月末までに三十首、半年で六百首を超える量になりました。瑠珂さんは、中学生の時、地域の短歌コンクールで入賞までする才能がありました。師匠であった伯父様が早逝された後、一年間のブランクを経て、気が向くと何首も詠んでいたようですが、みずほの出現で創作意欲が湧きあがったようです。

一月半ばには、里山に戻っていたみずほですが、下旬には全国的に久しぶりの大雪に見舞われました。つくばから手紙を投函したと連絡がありましたが、手紙の到着まで四日もかかりました。その間、「そろそろ手紙が着かないかな……」と期待して、庭先にある郵便受けまで雪の中を何度も見に行きました。十代の頃流行っていた文通をしていた時の胸の高鳴りが蘇るようでした。私は、手紙での返信はまったくしませんでしたが、瑠珂さんは何通も送ってくれました。

二人が互いに理解しあい、また自分を知るために大変役に立ったツールに、心理学者チャック・スペザーノ博士のセルフセラピーカードがあげられます。心理学とスピリチュアルの観点を学べるカードですが、心理的な課題が提示され、乗り越え方がわかる大変優れたものです。

みずほは、数年間所蔵したまま本棚に眠らせていた博士の著作二冊が目に留まり、なぜか読みたくなって、読後にセルフセラピーカードを取り寄せたばかりでした。瑠珂さんは、何とこのカードが日本に持ち込まれた約二十年前に、カードの使い方を学ぶ一期生としてセミナーに参加しており、使い方に習熟していたのです。

瑠珂さんはみずほに、ロマンティックリレーションシップを観るカードの引き方を教えてくれました。私の心理的な課題としては、「犠牲」「自立」があげられました。自己犠牲は、自分が我慢すればうまくいくのだという考えの傾向です。一見美徳のように思えますが、深層心理としては、人に嫌われるのが怖く自分が傷つくのが嫌なので、先手を打って自分の本心を抑えてしまう心の癖です。「自立」については、精神的な成長段階においては必要ですが、いつまでも自立を意識していると、無意識に他者と競い合ったり他者を退けたりして、孤独を選択してしまう心の傾向でもあることがわかりました。

一人でも寂しくはないと凛として生きる術を身につけていたみずほにとって、これは衝撃を伴って自分を振り返る課題となったのです。どんなカードが出たのかを話し合うのは、互いを理解しあう糸口となり、互いを深く理解する時間を一気に縮めていったのでした。自尊心が高いのに、自己否定の気持ちが強く、自己肯定感が低いというわかりづらい瑠珂さんの心の襞も、少しずつ理解できるようになっていきました。

毎日そのような内容のやり取りの長いメールと朝・昼・晩と何首も届くようになった短歌、時には電話で連絡を取りながら、正月八日に出会って一ヵ月に満たない二月五日、「もう一人で生きていくのはやめにして、二人で生きていきませんか?」というメールを瑠珂さんから受け取りました。

単純に舞い上がるには、いささか年齢を重ねているみずほでしたが、これがプロポーズの言葉なのかは半信半疑ながらも、「一緒に生きていく」という言葉にぐっときて、「はい、よろしくお願いします」と即答していたのでした。その言葉は次第に胸に沁みわたり、返事をしてから自然に涙がこぼれました。これまで一人でも落ち込まないようにと、自分に言い聞かせ、いかに気を張って生きてきたのかが、その時よくわかったのでした。

第二章　紅白梅の祝福

如月（きさらぎ）の冷たき風の中にても　君と寄り添いいと温かし

梅に竹いや松よりも麗しく　尊きひとはよりこ姫なり

如月のバレンタインの一日（ひとひ）前　愛しき人と夫婦（めおと）となりぬ

今日よりは石田順子（よりこ）を妻として　何あろうとてこの手離さじ

愛(いと)しさが言葉にならずひたすらに　口づけのみで思い伝える

我が妻と飲む祝い酒いと美味(うま)し　風冷たくも心は熱く

最愛のひとが今日より妻となる　その喜びに胸の詰まれり

ふたりして産土神(うぶすなかみ)にて式を挙ぐ　この日の誓いゆめ忘るまじ

我が妻と呼べば恥じらう愛らしき　君の笑顔を常に護らん

出会いよりわずか三十五日にて　夫婦の契り交わせしふたり

君とわれ結びし夫婦の堅き絆　他の誰にも壊す能わず

眼を閉じし君が笑顔の愛らしさ　想えば今すぐ口づけしたし

君の生く事ぞ何よりありがたく　嬉しき事よわが妻よりこ

梅屋敷聖なる地なり君とわれ　こころ結びし愛の園かな

大海に座す岩のごと揺るぎなき　精神（こころ）を持ちて強くなりたし

愛し君に相応（ふさわ）し者になると決め　想い描いて日々われ動く

もはや今君の他には　何人(なんびと)も目には入らずこころ動かじ

とめどなき涙でこころも身も浄め　君ひとりの身たらんと望む

幾年(いくとせ)も重ねし回り道なれど　君に至りて全て報わる

『わが妻よ』日々呼びかくるそのひとは　愛賜(たまわ)りしよりこ姫なり

暗き人生照らし暖む女神あり　君こそはわがまばゆき光

自らを輝かせ世に絶えず佳き　愛とひかりを贈る女神よ

われもまた　光の中へ融け君を　陽の絨毯になりて包まん

耳元のささやき永遠に止まらざり　ジュテェムより子ラヴユーより子

若き頃よりさらに今この佳人は　若く輝きわれを魅了(とら)えり

「梅が香のせし」と梅より美しき　君つぶやきてわれは微笑む

降り積もる郡上の大雪(たいせつ)溶かすほど　熱き慈愛に充(み)てる君かな

最愛の君を想えばわが歌の　泉の枯るる事などあらじ

二月十一日、里山から海の街へ車を走らせる途中、五年ぶりに御神渡（おみわた）りが出現したという諏訪湖に寄ってみようかという思いが浮かびました。恵那山トンネルを抜けて長野に入ると雪が降り始め、諏訪湖に寄るのは少しためらいましたが、湖畔に着いたら快晴になり、氷結した湖の白と青空のコントラストが眩く鮮やかです。

御神渡りは、上社の男神さまと下社の女神さまを結ぶ道と言われ、恋の成就を意味しているとのこと。後で知ったのですが、「一緒に生きていきましょう」と言われた二月五日は、八劔神社による拝観式、「御神渡りの神事」が行われた日でした。諏訪大社本宮では、夫婦のお守りを求めてよいのだろうかと少しドキドキしながら、ペアでお守りを揃えました。本殿で参拝を済ませると同時に太鼓が鳴り響き、ちょうど他の方の御祈祷が始まったところでした。御祈祷にあやかり、本殿前でしばし頭を垂れて、瑠珂さんとの未来に祈りをささげたのでした。

お御籤には、「抱え人、今の人でよろし」とありました。同じ日、瑠珂さんは日本橋の稲荷神社でお御籤を引き、「抱え人、万事うまくいく」とあったそうです。小さなことから大きなことまで、何か設定されている感じがする……私の直感と選択に間違いはないという確信がありましたが、なお残る不安な気持ちを、お御籤は励ましてくれたのでした。

気持ちを確認した後のワインデートの二回目は、バレンタインデーを意識した日になりました。瑠珂さんが寄りたいというワインショップがある東京駅で待ち合わせをしましたが、再会はかなり照れ臭いものでした。

樽ワイン飲み放題のランチの後、瑠珂さんの生誕地辺りを散策し、梅屋敷では、二月の柔らかな日差しの中で、いち早く紅梅と白梅が満開になっていました。御神渡りの出現と諏訪大社のタイミングに加え、自然からも祝福を受けているように思えたものです。

振り返れば、最初の出会いはみずほの誕生日の前日、翌月はバレンタインデー、その次の月はホワイトデーに瑠珂さんの誕生日と、よい間隔でイベントが続き、会う日がタイミング良く設定されていったのです。ただ、「一緒に生きていきましょう」と言われて同意したものの、それが結婚を意味するのか明確な意志を確認するには、ためらいがありました。「この人は本当に、還暦間近い女性を結婚の対象として考えているのだろうか……」。年上の女性と結婚しているカップルの存在を多数聞き及んではいても、みずほのそれまでの常識では考えの及ばないことでした。

みずほは、折しも、カウンセラー仲間で制作中の共著本『カウンセラー物語～心に寄り添う21人の軌跡～』プロフィールの提出期限が迫っていました。そこで、思いきって瑠珂さんに聞いてみました。「プロフィールに、〝五九才で五才年下の男性と、初婚同士で結婚〟という文言を入れてもいいですか」と。

瑠珂さんの返事は、いともあっさりと「あ、嬉しい」でした。本の出版は六月でしたので、嘘を書くわけにはいかないと、婚約期間を経ず、二人の認識では一気に結婚にゴールしたのでした。出会いから、実に三十五日目の決断でした。

みずほには、女心としてさらにもう一つ確認しておきたいことがありました。「ねぇねぇ、万万が一もし子供ができたらどうする?」。もはや可能性はないとはいえ、聞いておきたいことでした。瑠珂さんは、「育てるしかないでしょ」と即答してくれました。「それは困る」でも、「産むしかない」でもなく、「育てる」という言葉は、みずほの女心を豊かに受け止めてくれる言葉だったのです。

翌日には、瑠珂さんの産土神社（うぶすなじんじゃ）に結婚の誓いと報告の参拝をしました。瑠珂さんは、腰を九十度に折った拝礼で、その長かったことは大変印象深く、時折横目で瑠珂さんを見ながら、実直で真剣な姿勢に感じ入ったのでした。

郵便はがき

お手数ですが
切手を貼って
ご投函ください。

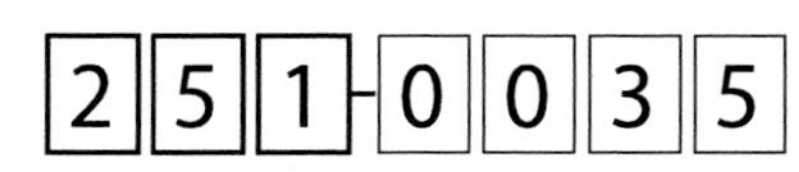

神奈川県藤沢市
片瀬海岸 3-24-10-108
㈱湘南社 編集部行

TEL：0466-26-0068
URL：http://shonansya.com
e-mail：info@shonansya.com

ご住所	〒		
お名前	ふりがな	年齢	才
TEL			
メールアドレス	@		

1．お買い上げの書名をお書きください。

2．ご購入の動機は何ですか？（下欄にチェックをご記入ください）。

- □ 本の内容・テーマ（タイトル）に興味があった
- □ 装丁（カバー・帯）やデザインに興味があった
- □ 書評や広告、ホームページを見て（媒体：　　　　　　　）
- □ 人にすすめられて（御関係：　　　　　　　）
- □ その他（　　　　　　　　　　　　　　　）

3．本書についてのご意見・ご感想があればお書きください。

4．今後どのような出版物をご希望になりますか？

どうもありがとうございました。

第三章　週末婚・事実婚の頃

まだ暗き駅のホームに新しき　人生（みち）歩み行くふたりの夜明く

寒き朝　ふたり寄り添い抱き合えば　身も心にも熱さ宿れり

朝シャンの湯気にて曇る洗面台　心を込めて君が名を書く

君さえも忘るるほどにわが業務（わざ）に　打ち込むべしと常々思う

業務果たす後は存分君想い　画面の笑顔眺め愉しむ

あどけなき君の寝顔を眺むれば　幸せ溢れ涙こぼるる

「君に春来たれり」と同僚皆言えり　妻を得しわがこころは真夏

再会を待つ日々はいと長かれど　ふたりいる時短きは何故

この身をばこの地に残しわが魂(たま)を　かの地に飛ばし君に逢いたし

愛さるる喜びと愛す幸せを　教えくれたる君の尊さ

幻や夢には非(あら)ず佳きひとと　夫婦(めおと)となりし如月(きさらぎ)の日は

君が声是非聴きたしと思えども　相談の仕事なるかと悩む

時として君が厚意を無下にする　いと度し難き（がた）わが愚かさよ

何者も断てぬ絆を築きたし　最愛の君と力合わせて

わが胸に灯（とも）る君への愛の火を　消さぬと決めて永遠（とわ）に護（まも）らん

麗しく咲き誇る君が笑顔こそ　いずれの花に優る宝よ

キャンドルの灯りに映ゆる美しき　君が笑顔はまさに聖母よ

君が胸に顔を埋（うず）めて思いきり　泣きたく想う時のあるかな

満月よ鏡となりていとおしき　妻の笑顔を映し給えや

敬うとわれに告げたる君こそが　誰よりわれの敬うひとよ

陽光のごと暖かき君の愛　享(う)けてこころは日々豊かなり

真実の愛の意味さえ知らねども　君とふたりで築くと決むる

よりこたる名を繰り返し日々唱(との)う　心身(しんみ)に力みなぎる御名(みな)よ

ガラケーの君が笑顔を見つめては　癒され充つるわがこころかな

この愛は現実なれば　夢のごと覚めることなどあるはずもなし

まだ細き絆なれども時重ね　断ち切れぬ強き固さめざさん

洗い物せし時　君と結ばれし事を感じて嬉しくなりぬ

ただ無為に過ごす気はなし　君の作業手伝いてこそわれらは夫婦

明日など求めぬほどにただ君を　抱きしめここに留(と)まるを望む

慕うひと御身(おんみ)は愛の女神なり　われかしづきて永遠(とわ)に仕えん

観劇のさなかに眠る君もまた　愛しくかわいきひとと覚ゆる

宝石や真珠を超えて純粋に　清く輝く君が涙よ

われもまた君とふたりでいることの　幸せ感じ今を喜ぶ

青空に映ゆる桜花（おうか）の可憐さに　似て輝ける君が笑顔よ

末永く日々すこやかに楽しみて　愛する君と共に在りたし

君こそはまことの女神　地に降りてわが妻となる事をただ謝す

来るなかれ朝（あした）よ一秒たりとても　君と離るることは願わず

ただ君と抱き合う事のこれほどに　幸せかとは思いもよらず

われもまた君が口づけ身に受けて　変わることなき愛をば誓う

群を抜きひときわ映えて輝ける　君の笑顔に惚れ直すかな

マリリンに優るヨリリンモンローよ　笑顔美身に悩殺されぬ

君こそがわが人生の伴走者　われもまた君と共に走らん

諸々が重なり今を築きたり　そこに君待つ事の嬉しさ

大いなる事できずとも心込め　全てに臨み君を愛さん

いと熱き口づけで君の化粧をば　剥がし可愛き素顔眺めん

酔えどなお　凜とした君　この愛の　酒も飲ませて　微睡ませたし

（各句の句頭の一文字をつなげると【よりこさま】）

食卓にふたり座りて見つめ合う　静けさの中に幸のあるかな

味噌汁のコクある味に君が愛の　無限の深さ知りありがたし

食べるより君を見つむる事にこそ　心奪わる日曜の朝

派手な服ならずとも良し　ときめくはエプロンをせし君が姿よ

たやすくは剥がれぬ瓶のラベルにも似て　わが愛も君を離れず

手も引かず先に行きしを悔やむなり　愛しきひとを大事にできず

これほどに野暮なるわれも　君想うこころ変わらじ消え去りもせず

清らかに咲ける二輪の花のごと　とこしえにわれ君に寄り添う

何よりも美味きは君と飲む酒よ　口移しにて飲ませ合うのも

日を追いて君が前にはわがこころ　裸になるは抗(あらが)えぬなり

一気に二人の認識が結婚に至ったとはいえ、まだ双方の家族に伝えたわけではなく、周囲の反応も気になるところでしたし、みずほにとっては、自分が改姓するのは大変な労力を伴い、現実的ではないように思えていました。そこで、当人と家族、周囲の人が結婚していると認識していれば、堂々と紹介できる事実婚を選択しようということになりました。

決めたことはただ一つ、「二人で一緒に住むこと」でした。そのスタイルが週末婚なのか、どちらかが引っ越しをするかについては、ゆっくり考えることにしました。入籍については、特に双方の家に縛られているものはないものの、しばらく様子を見ることにして、まずは互いの家族に報告することになりました。

さて、ここで大きな問題が立ちはだかりました。なんと、瑠珂さんは、家族と二十年間も連絡を取り合っていなかったのでした。瑠珂さんは、二十年前に御母堂様が亡くなり、それ以来実家と交流を断っていたのです。実はこのことは、最初の出会いの日に聞いていました。両親のコントロールから離れる決意で実家から遠い地の大学に入学し、長い間関係を修復する機会を十分には持たなかったようです。幼少期から御両親の愛情と厳格さ、思ったようにはいかないもどかしさ、支配欲求の交錯や行き違いが、瑠珂さんの心を傷つけ束縛し、悔しく悲しい思い出が鮮明なままだったのです。

以下は、瑠珂さんの独白です。

「家族には肯定されるよりも否定される事ばかりで、私の存在自体も随分否定されました。高校時代には家族に暴力を振るってしまいましたし、大学は実家から遠い所に行って、極力帰省しないと決めていました。この家にいても、幸せにはなれないと思ったのです。母が亡くなった後、妹達に『ほとんど看病も見舞いもしなかった』と責められた事、父の昔の仕打ちを思い出してしまった事が、連絡を取らなくなった原因でした。その後、帰省の勧めを私はすべて拒否してしまい、疎遠になったのでした」

相互理解が成されないままに、御母堂様が早くに亡くなってしまい、瑠珂さんの心は自責の思いと理解されない悔しさで頑なになり、心の中に固く閉じた貝のような一面が存在しているように思えました。

みずほは、独り暮らしをされているという御尊父様に、結婚の報告は必ずしてほしいと思いましたし、亡くなった御母堂様とも心の和解をしてほしいと強く願いました。「ゆるすこと」は相手を許し、自分を許すことですから、亡くなった方とも可能ですし、何より瑠珂さんに、心の縛りを解いて楽になってほしいと願いました。家族との繋がりを修復する時は、私達の結婚の機会をおいて他にはないと思えました。話を丁寧に聞きながら、連絡を取るよう瑠珂さんに泣いて頼んだ日もありました。

　三月末の瑠珂さんの誕生日の朝、みずほの脳裏に御母堂様の言葉が浮かんできたので、御母堂様からのメッセージとしてメールを送り、瑠珂さんにゆるしを促したこともありました。御母堂様は、みずほのその時の年齢で亡くなられており、私は、御母堂様から思い残しの引き継ぎを受けたようにも感じていたのです。

　三月からスタートした週末婚では、春の陽光が心地よくなった海の見える公園へ手作りのお弁当を持って散策したり、瑠珂さんに観音崎や三浦半島を案内したりしました。野生のイルカと泳ぐために伊豆諸島の御蔵島に通い続けている瑠珂さんにとって、海の側に暮らすことは、とても魅力的なことになっていったようです。と同時に、金曜の夜遅くつくばから百三十キロほど離れた横須賀へ帰宅し、月曜の始発電車で出勤する生活は、徐々に辛いものになっていったようです。

第四章　二十年ぶりの再会

わが呪い解きくれたりしよりこ姫に　愛と感謝の他は知らざり

わが妻よ想いのたけは数あれど　君を愛すと世に叫びたし

今われが生くはかけがえなき君を　常に笑顔にするためと知る

口づけを毎日したしひかりさす中の　可愛き君が寝顔に

壁の絵の「ただありがとう」これこそが　君に今ぜひ伝えたき言（こと）

いかほどに君を愛せどなお足りず　贈るわが愛さらに深めん

声潜めもの言う君との語らいは　まさに大人の秘密会議よ

君居（お）らぬ間に歌を詠み　何食わぬ顔で密（みそ）かに送るが楽し

たとい君風邪をひくとも妻なれば　ひたすら享けよわが口づけを

ふたり行く道見え始め　幸せの他に標はなき事を知る

願わくば時の流れよ遅くなり　一日をより長々と成せ

素晴らしき女神は長き歳月を超え　われを父の元に還らす

遠くにて君想うより間近にて　見つむるがわが歌の湧くなり

「今日もまた素晴らし食事ありがとう」声に出さねど謝して止(や)まざり

味噌汁の香の残る部屋ひとり居て　ふたり生(い)く幸(さち)深く噛みしむ

長き間(ま)のわが家族との絶縁が　君を苦しめ申し訳なし

家族への手紙(ふみ)進まざりされど書く　君との幸を護らんがため

もう少し眠るも良しと君言えど　手伝いしたくわれも起きなん

力士にも似た太鼓腹になるも良し　幸せ肥(ふと)り皆に誇らん

幸せに肥えるも止むを得ぬ事よ　君が料理の皆美味しくば

薔薇色の空輝けりこれよりの　ふたりの未来示すが如く

これトンビ邪魔するなかれ　われと妻ふたりで食べる料理（しなじな）なれば

語り合い君の想いをさらに知り　強く結ぼる事ぞ嬉しき

より強く絆を深めこの先の　幸につなげるふたり旅かな

目覚むれば隣に君の微笑める　これにまされる喜びは無し

煎れたての珈琲（コーヒー）の香（か）に幸（さち）感ず　いと静かなるふたりの朝よ

想う事熱く語れる君見れば　わが血もたぎり熱さを覚ゆ

この先の旅いかなるか知らねども　君共に在れば恐れはあらじ

君と逢いし後より楽し日々の来て　こころ豊かになると知るなり

ふたりして泳ぎに行きし愉しさよ　その後味わう麦酒（ビール）も美味し

わが妻の水着姿の眩しさよ　輝く笑顔いよよ映えたり

しげしげと眺む寝顔の可愛さよ　さらにいとしさ胸に込み上ぐ

ゴミ出しの場所も料理も次々と　覚えて君が負担減らさん

君がため常に動かん　何もせず威張るだけにはなりたくは無し

【こ】れからも　手を取【り】合いて　【よ】き夫婦（めおと）
【だ】れより目指【し】【い】つも歩まん
（いしだよりこの逆織り込み）

ソファーにて眠れる君を襲わんと　想えどあまりに酔いて果たせず

今年より君が暮らしも　いと多く変化のあるをわれも喜ぶ

静けさに包まれてふと目覚むれば　隣に君の眠るが嬉し

寝台の小さく君の落ちぬかと　懸命に抱き止めし夜かな

父の顔見て妹の声を聴き　隣に君の座る幸せ

「連絡がないのはよい知らせ」とは言いますが、家族との長い断絶は、もしかしたら御尊父様が不測の事態になっているのではないかという恐れもあり、連絡を取るにはかなりの勇気が必要で容易なことではありませんでした。長い無沙汰のお詫びを、電話で済ますわけにはいかないと、瑠珂さんは手紙を書き始めました。みずほは、ゴールデンウイークにはお会いしたいと、タイムキーパーをしながら、気長に待つことにしました。

そして、何度も書き直し書き直して、ほぼ一カ月かかり、ようやく御尊父様と二人の妹さん達への三通の手紙が完成し投函されたのは、四月に入ってからのことでした。

さて、家族からどのようなリアクションがあるのか、瑠珂さんはかなり不安であったと想像します。手紙を投函して数日後、御尊父様から封書で返信がありました。日にちから察するに、御尊父様は、手紙を受け取った翌日に、さっそく返信を投函してくださっています。瑠珂さんは、その内容を電話口で読んでくれました。御尊父様の瑠珂さんを心配されていた気持ちがみずほの心にも沁みて、涙が溢れ止めることはできませんでした。

桜の季節が過ぎ、ツツジになり、バラが咲き始め、月が替わったゴールデンウイークに、瑠珂さんの実家がある静岡県菊川市へ出発しました。折しも、新茶の摘み取りのシーズンです。

瑠珂さんは、二十年ぶりの御尊父様との対面で緊張し、みずほは、還暦前の年上女房を許してもらえるのかと緊張しましたが、御尊父様は、「年上とかは言わないでください。賢吾（瑠珂さんの本名）が好きな人と仲良く暮らしていれば、それで十分です」と言ってくださいました。御尊父様も、様々な思いが浮かび、前日は眠れなかったそうです。

当日の朝、今年始めてのピンク色のバラが、庭に一輪咲いていたと、玄関に飾ってありました。御尊父様の優しさとみずほを迎えてくださるお気持ちが感じられ、とても嬉しい思いがしました。心配していた御尊父様の健康状態は良好で、なんと社交ダンスと地域活動を活発にされているご様子です。

新摘み菊川茶の出荷日は、私達の訪問の二日後でしたが、御尊父様は思いがけず早く手に入ったと大層喜んで、みずほの実家への手土産にしてくださいました。この幸運も私達が祝福されているように思えたものでした。

和やかな談笑をしながらの会食中に、末妹さんから電話がかかってきました。「もしもしお兄ちゃん？　久しぶり～。今日行きたかったけれど、用事を外せなくてごめんね」というとても明るい声は、電話口から聞こえてきました。みずほも、妹さんとご挨拶の言葉を交わしましたが、何の屈託もない妹さんの口調にほっとすると同時に、すべてのわだかまりを一瞬にして飛び越えられる家族であったのだと安堵しました。

瑠珂さんの御尊父様が「驚いたことがある」と、一枚の地図を広げて見せてくださいました。八つ折りの菊川市の地図ですが、右端には瑠珂さんのいるつくば市、左端にはみずほの実家の郡上市が載っており、そして菊川市は横須賀市と郡上市の丁度真ん中の配置です。これも、何かの計らいのように思えたことです。

今も郡上と横須賀を毎月往復していますので、中間地点の菊川は、今ではありがたい休憩所となっています。家を辞す時の御尊父様は車が見えなくなる曲がり角まで来て、名残り惜しそうに、いつもずっと見送ってくださっています。

第五章　山の中の中、郡上の里山へ

静かなる郡上の街についに今日　降り立ちし事ただただ嬉し

「本当によりこで良いか？」と問わるれば
胸張り堂々『はい！』と答えん

あまりにも部屋多ければ「よりこさんどこ？」と隅々探し廻れり

「賢さん」と呼ばれようやく　君のいる場所知るまさに大屋敷かな

ふたりして殿と姫とになりし気のする　江戸からの旧家での日々

作業着に着替えし君は野良（ノラ）ヨリコ　その姿また凛として良し

竹の子を掘るは初めてなればこそ　新しき事できるが愉し

雨の中夢中で草を取り続け　ついに畑は様相（すがた）を変えぬ

懸命に頑張る君に励まされ　「もう辞めよう」と吾（あ）からは言わず

ひたすらに動いて汗をかきければ　雨に打たるもいと心地良し

この家と畑をひとり守り来し　君にただただわが頭（ず）の下がり

沢蟹がいるよと君の声を聞き　実物を見て心動けり

露天風呂いざ叫びたし大声で　よりこ大好き！郡上の空に

湯上がりの艶やかな君ただ見つめ　いと美しと惚れ直すかな

【よ】い知れて甘える君が可愛さに
　充ち足【り】し笑顔向ける【こ】の時

【よ】るはまだ今からな【り】と君に告ぐ
【こ】いは愛へと確かに変わる

君をいざアルファベットで記(き)すならば　H(エッチ)かI(愛)か迷うものなり

雨と土　草と炎に触れにける　わが感性を君は歓ぶ

ただひとりアウェイなれどもひたすらに　君が家族に心開かん

好きだよと心の中でささやけり　起こさぬように口には出さず

寒くともふたり抱き合えば温泉に　入りしが如く暖まるかな

この先もふたり寄り添い共に朝　末永く迎う事を望まん

さまざまな苦労重ねつ素晴らしき　佳人となりし君敬い愛す

都会では機会すらなき草むしり　君とふたりでするのが愉し

隣人に声かけるわれ気のつけば　郡上に馴染み暮らしたるかな

山と河　温泉に珍味ある郡上　心豊かになれる場所なり

「ありがとう愛しています」これ以外　想い浮かばず言う事もなし

新米といえどもわれは亭主（ホスト）なり　心得て勇み宴に臨む

素晴らしき方々と逢い語らいて　楽しく過ぎぬ宴の夜は

いと可愛き子らと犬まで駆け寄りて　なつきくれたる事ぞ嬉しき

「洗いもの好きでしょ?」と問う幼子の　笑顔と澄みし瞳に惹かる

郡上こそわれの新たなふるさとよ　再度(また)したきもの畑仕事も

いと深くふたりの絆結ばれて　これより待つはただ幸のみよ

君が愛わが家族をも包み込み　凍りし心すべて解かせり

時を経て大きく育つ菜（さい）に謝し　収穫するも楽し事なり

本当の土まず作り　いと多き実りもたらす君ぞ素晴らし

われ迎うために準備にいそしめる　君が姿のいとおしきかな

何もかもすべては君と　巡り合うために起こりし事ぞと覚ゆ

もし君に逢わずばこれほど充ち足りし　人生(あゆみ)になると思わざるなり

先に寝し君の笑顔の愛しさよ　いかほど口づけしても足らざり

さりげなく君が求めし膝枕　応じしわれも心の充てり

新天地にわが人生の拓（ひら）くるを　誰（た）ぞや知れるかわれも想わず

エイケイビイよりもはるかにわれ慕う
　ワイアールケイフィフティナイン
　　（YoRiKo　59歳＝当時）

酒一杯では終わらぬと確かなる　予測にふたり笑いうなずく

微笑める君がまぶしく　陽に映える碧き若葉の如く見えたり

何気なきひとつひとつの仕草さえ　いと可愛きと君に見惚(みと)るる

人からは理解されにくきこのわれを　愛しくれたる君にただ謝す

わが横で眠る君をば護(まも)りたし　強く雄々しく在らんと思う

各停に乗り　過ぎ行きし梅屋敷　思い出すなり冬の誓いを

都会での君とのデイトもいと楽し　これよりいずこにそぞろ歩かん

われ常に愛しきひとの御名（みな）刻む　こころに強くいしだよりこと

「麦の唄」の歌詞の如くに命果つとも　君とただ歩むを望む

よく晴れしヴェルニーパークの何千の　薔薇より優(まさ)る君が美貌(かんばせ)

児(こ)の如き無邪気な君と戯れて　いよよ愛しさつのりて止まず

車窓より見ゆる灯りの明るさよ　君棲(す)む窓の何処より目立つ

心こめ作りくれたる料理(しなじな)の　ソースも全て血の一滴(いちてき)よ

無邪気なる少女（おとめ）を君の中に見る　より早くから逢いたきものを

何もかも神あらかじめ決めしかの如く　見事に進み驚く

君在らばこそ叶いたるこの全て　妻のよりこのありがたきかな

誰（たれ）にとてわれを美男と呼ぶ君の　その笑顔こそ絶世の美女

さて、いよいよみずほの実家へ瑠珂さんを伴って帰る日がやってきました。郡上の実家に着き、閉め切っていた家の玄関を開けたら、長い冬眠から目覚めて力尽きたカメムシが数匹ひっくり返っていました。それをなんと……！　瑠珂さんは、素手で拾い上げ外に放り出してくれたのです。瑠珂さんは、東京生まれの湘南育ちですが、この人なら里山暮らしも大丈夫に違いないと思えた瞬間でした。みずほの兄達の家族との会食まで三日間ありましたので、カラスノエンドウが生い茂った花壇や畑の草取りの作業、家の掃除や洗い物も瑠珂さんのルーティンワークになりました。人にものを頼みにくい性格のみずほですが、瑠珂さんが年下のおかげなのか、気楽に頼むことができるのです。

同じく五才年下の男性と結婚している知人も、「年下って良いですよ」と教えてくれました。何故なら「長く働いてくれる」し、「一緒に死ねる」とのこと。現在の平均寿命は、女性八十七才、男性八十一才。確かに平均であれば、人生のゴールは、ほぼ一緒ということになります。

熟年の結婚は、これから終末までの期間を、二人で仲良く楽しく暮らせたら十分です。相手に求めるものは、健康以外に多くはありません。結婚の報告をした叔母達も、「健康で仲よく暮らせれば言うことなし。結婚の形はどうでも良い」と言います。別の叔母は、二人の年齢を確認して、瑠珂さんに「申し訳ない」という始末。世の中の婚姻制度に対する認識が大きく変化しているのか、熟年の結婚なので当人たちに任せきっているのか、皆が祝福と共に寛容に受け入れてくれました。

草取りの労働の後、瑠珂さんは、近くのお酒屋さんで、アルゼンチンのマルベックとメルローをブレンドした赤ワインを見つけ、「このふたつの品種のブレンドは、東京の通のお店でも売っていないレアものだ！」と大はしゃぎをし、お肉屋さんでは、イノシカちゃん（猪と鹿肉の味噌漬け）を見つけ「ジビエが大好きだから、これがあれば田舎の食事は十分満足だ」と言って大喜びです。田舎暮らしにも適応できるどころか、御蔵島と自然が似ていると大好きになってくれたようです。

野良作業をし、近くの温泉に入ってくつろぎ、家に帰ってからワインで乾杯。この生活スタイルは、長い間、私が描いていた理想の暮らしだったのです。実現させるために計画を練ったり特に行動してきたわけではなく、気づいたら自然に実現できていることに改めて驚きます。

瑠珂さんの田舎暮らしのウォーミングアップの三日間があっという間に過ぎ、みずほの二人の兄の家族が参集する日になりました。残念ながら、長兄は海外出張中で来られませんでしたが、私達二人と、幼児・子どもの六人を含め、総勢二十名の宴会になりました。

瑠珂さんは、イベントに出店していると、「けん兄」と呼ばれて、すぐ〝ルカ保育園〟ができてしまうのですが、この宴会でも、すぐに子ども達の人気者になりました。子どもに好かれる人を見ると、大人も心が開かれます。短期間で結婚を決めたことに苦言を呈していた義姉も、「いい人ね～」と感心しきりです。長兄にも、良い報告がなされるに違いありません。

場が和んできた頃合いを見計らって、瑠珂さんのオリジナルアートの「お名前織り込み詠書」を、七組の夫婦と八人の子ども達一人一人に、瑠珂さんが読み上げながら、一枚ずつ贈りました。親達は、自分の子どもの名前が織り込まれた短歌に、「その通り!!」と、全員拍手喝采、大変喜んでくれました。そして、心憎いことに瑠珂さんは、みずほの亡き両親の名前を織り込んだ詠書も創ってくれていたのです。とてもありがたい供養と誇らしい報告になりました。

これまで、私の友人達にもプレゼントしてきましたが、自分の名前の入った詠書を見て、何人も感涙するのを見てきました。人を感動させられるのなら本物です。案外自分の名前を好きではない人も多いようですが、自己肯定感が上がり、名付けた親への感謝の気持ちが湧いたり、嫁ぎ先の名字を改めて受け入れられて、愛着を持てたりしているようです。お名前を短歌に織り込むのは、瑠珂さんだけにしかできないオリジナルの特技です。私は、瑠珂さんの「お名前織り込み詠書」は、ご自分のためのプレゼントにも、ご家族やご友人への素敵な誕生祝いや命名の記念にもなると思いますので、日本中に広まってほしいなと願っています。

宴会がたけなわになったところで、次兄が、「この場を持ちまして、二人が結婚したと認めます」と宣言してくれて、事実婚が確定しました。午後から始まった宴会は、夜まで続き、男性達は酔いが回りくつろいでいる中で、瑠珂さんは台所で後片付けの洗い物をしてくれました。その時、四才の無邪気な女の子が、瑠珂さんのイルカのペンダントを見て聞きました。

「けんちゃん、イルカがすきなの?」

「うん、海でイルカと一緒に泳いでいるよ。今度、よりちゃんと一緒に、イルカに会いに行くんだ」

「けんちゃん、あらいものもすきでしょう?」

居合わせた一同は爆笑し、近くで立って見ていたお母さんは、子供の遠慮のない言葉にオロオロして、瑠珂さんは幼子の観察力を絶賛していました。瑠珂さんは、初めて訪問した家で、親戚となる十八名と初めて対面する緊張した場でしたが、和やかに終始して、みずほもほっと胸を撫で下ろしました。そして、翌朝、みずほの産土(うぶすな)神社に結婚の報告をしに行きました。もちろん、瑠珂さんの拝礼は、それはそれは長いものでした。

ゴールデンウイーク中に大きな壁を二人で乗り越えた後、瑠珂さんは、イベント出店のために大阪へ出発しました。岐阜駅のホームでの見送りは、徐々に深まっていく絆を感じ、今も脳裏に鮮明に残っています。

第六章　御蔵島（みくらしま）ハネムーン

いと険し御蔵（みくら）の道をふたりして　歩く日来るとは思いもよらず

御蔵島（みくらしま）　君とふたりで居る事に　感涙隠す新婚旅行（ハネムーン）かな

ふたりして御蔵の宿で葡萄酒と　夕餉（ゆうげ）味わう事ぞ楽しき

太陽とイルカと海と崖そして　君の在ること嬉し御蔵よ

虹光る清らな滝の水のごと　美しきかな君がこころは

笑顔もて語りくれたる君観れば　御蔵に女神現ると知る

滝に打たれ君を愛すと叫びたくも　人多ければ恥じて叶わず

奥さんと呼ばれて照れる君見れば　われついに夫(つま)となりし事知る

われを深く愛しくれたる君が手を　離す事こそ一番の愚よ

いざ二人大いなる道歩み行かん　いかなる試練（ためし）待ち受くるとも

「はじめまして賢吾の妻のより子です」
　　胸高鳴れりこのひとことに

君にわが夫（つま）と呼ばれていと嬉し　添い遂げる事こそが望みよ

その後、御蔵島でイルカと泳ぐハネムーンに出かけたのは、二〇十八年六月二日。フェイスブックで、互いに事実婚の報告をさせて頂いたのは、六月四日のことでした。思いがけない人たちからのメッセージもあり、二人合わせて六百人以上の方からお祝いメッセージを頂きました。御蔵島の宿では、瑠珂さんの旧知の人たちがお祝いをしてくださり、心からありがたく満ち足りた思いが致しました。この時、二人で気づいたことがあります。それまでは、人に喜んでもらえる事とは、自分が他の人に何かをしたり好意を与えたりすることだと思っていました。ところが、私達が幸せになることで、こんなに多くの人が喜んでくださるというのは、大きな驚きであり新鮮な気づきでした。

また、私の次兄は、私の老後を甥に頼むことを考えていたと言い、親友は自分たち夫婦と一緒に住むことを話し合ってもいたけれど、「これでやっと安心ができた」と、胸を撫で下ろせたようです。気丈に生きてきたみずほでしたが、回りの人にこれほど心配をかけていたことに改めて気づき、皆の気遣いの言葉をはねつけていたことを、初めて知ったのでした。

心に頑なしこりを残していた瑠珂さんが、心を開いて家族関係を修復し、人からの援助を遠ざけて一人で気張っていたみずほが、素直に人に頼れるようになり、補完し合い助け合える関係となったのです。

第七章　人生で一番熱い夏

愛す妻今宵はいかに　風邪ひかぬためにも寝(ぬ)るな台所(だいどこ)にては

包丁の刻む優しき旋律に　ふたり居る事嬉しと思う

時として喧嘩もあれどわが妻の　愛しさ日増しに強まるばかり

早過ぎし夏の訪れふたりして　心行くまでいと楽しまん

裏山に大雨ありし君が実家（いえ）　つつがなきやとわれも案ずる

「よりこさんこそ救い主　大切にせよ」と父われにしみじみ語る

天神よ妻に真（まこと）の愛に充つ　わが業（わざ）常に為さしめ給え

一杯の葡萄酒からも恋花（こいばな）の　種の育ちて今咲き誇る

わが存在（いのち）を同行者（ガイド）と呼べる君がいと　愛しく涙流すほどなり

素晴らしきひとに出会いし喜びよ　神の御手（みて）にぞひたすら謝さん

これよりも君の行く道とこしえに　護られ幸の在る事願う

いつの日もわれらの愛し合う事に　世は輝くと訓（おし）えし君よ

何ひとつ為せぬわれなれど君愛し　笑顔にするは易(やす)き事なり

賢さんと抱きつく君はわが宝　すべてに優りふたりとは無し

君が友らわれを呼びたり「旦那さま」名に相応(ふさわ)しき者になりたし

わが友らまた「奥様」と君を呼ぶ　そはいと嬉しひとり微笑む

君が声　笑えば可愛く清らにて　われを癒せる佳き音楽よ

愛に充ちこころ豊かな君に逢い　わが胸もまた温まるなり

大海のイルカの如く君とわれ　愛の波動を世に贈りたし

「日々常に愛し合うこそ最強」の　君が言葉はわが御守りよ

ひとりでは叶わぬ事もふたりして　手組まば為せる事数多（あまた）あり

水路（プール）にて泳げる君のたくましく　弁財天にその美優れり

君がため為すべき事はただひとつ　常に隣に在るのみと知る

いざ共に流れに乗りて何処までも　進まん幸の必ず在れば

「一緒ではメールが来ぬ」と言う君に　密(みそ)かに送るこの歌の在り

百グラム体重(おもさ)の減るを喜べる　乙女ごころのいじらしさかな

口紅を塗りて幅紗(ふくさ)を探し居る　君が姿は大和撫子

愛妻の煎れくれたりし珈琲(カフェ)の香に　深く癒され色紙に向かう

ヨリリンとルカのバンドの突然に　結成されし愉しき夜よ

アフリカンドラム学びに行きし事　日の目見る時訪れ嬉し

君歌う横で太鼓を叩きたる　至福の時の確かに来たり

日々暑くなる郡上よりなお熱く　君と過ごさんこの愛の日々

分け入るもなお分け入るも青山(せいざん)の　続く中観ゆ涼(すず)ろな瀑布(たき)を

君と離れひとり寝(ぬ)る夜の寂しさよ　いさかい起きし事悔やむなり

君がまた腕(かいな)の中に戻りしを　喜び涙静かに流す

雨の中ふたり入りし温泉で　アワウタ踊る楽しさの在り

しりとりは楽しきものよ
　いかなる手用いても君に「る」「ぺ」を廻さん

嫁さんは佳きものと父喜ぶを見て　親孝行なれりと想う

「夫(つま)触りわが胸大きくなりけり」と　義兄(あに)に言う君見て赤面す

草と土の香りを涼し風の中　嗅ぎて感じる自然の恵み

品数を減らすといえど気がつけば　今日また数多（あまた）作りし君よ

激し雨訪う（おとのう）者なく君と吾（あ）の　貸し切りとなる露天風呂かな

春駒のごと飛び跳ねて踊る君を　来夏は見たしわれも踊らん

佳き酒と料理の進み酔いし義兄（あに）に
賢ちゃんと呼ばれいとむずがゆし

何が愛なるやいまだに知らねども　君を笑顔にせんと起つのみ

永遠（とわ）にわれ君が陽光（ひかり）になりたしと　思い涙す夏の朝かな

情けなき生き方をせしわれに　君の「大化けする」の言葉（こと）ありがたし

日々摂（と）れるニンニクの量いと多し　このスタミナは何に使うや

ゴミ出しもまたいと楽し何よりも　君を支える事ぞ喜び

君がため何為せるかと常に問い　できる事より日々取り組まん

わが心の片隅で日々待ちしひと　そは君かとぞ気づく夏の日

君こそが運命（うんめい）ならばいと不思議　神の賜いし宝者（たからもの）かな

辛き時君を想わん　君励む姿はわれを叱り励ます

いずこにていかなる時も何すれど　共に在りたきひとこそ君よ

世に贈る佳き働きを為す君ぞ　消ゆる事なききわが灯火（ともしび）よ

道極めその活躍を讃えらる　君の真に素晴らしきかな

出会いから七か月後、瑠珂さんは、横須賀のみずほの家にいました。彼は、みずほと一緒に暮らすために、つくばでの仕事先を辞める決断をしてくれたのです。職場では、結婚の発表に皆が驚愕したそうです。さらに「結婚に伴い、つくばから横須賀に転居するため、通勤が困難になるので退職したい」という申し入れは、「男性の寿退社なんて初めてだ」と、腰を抜かさんばかりの衝撃をもたらしたようです。しかし最後は、皆で快く瑠珂さんを送り出してくださったのでした。

みずほがカウンセリングの仕事をしている間、瑠珂さんは詠書を創作し、ベランダの鉢植えの草取りをし、料理の下ごしらえをしてくれていました。仕事を終えて、一緒に料理を作り、瑠珂さんお勧めのワインで乾杯し、ゆったりと夕餉の時間を持ちました。私の理想の生活スタイルです。

郡上で迎えた初めてのお盆では、瑠珂さんはゴールデンウイークに会えなかったみずほの長兄に会い、賢ちゃんと呼ばれてしきりに照れていました。

出会いからわずか半年の間に、回り舞台が回転するかのように多くのことが起こり、二人の心に大きな変化がありました。起こって来ることを怖がらず、自然の流れに身を任せながら、勇気を出して前に進んでいたら、私がいつとはなくイメージしていた至福の生活が実現していました。

「運命の人」は、長年暮らしを共にしたカップルが来し方を振り返って「この人が運命の人だった」と実感するものであって、はじめから運命の人がいるわけではないと述べている心理学者アルフレッド・アドラーの考え方があります（出典：幸せになる勇気　岸見一郎・古賀史健　ダイヤモンド社）。私たちは、この言葉に納得し「努力なくして、運命も永遠もなし」という共通の認識を持っており、二人が互いに幸せな運命の人になれるよう努めていこうと話し合っています。

一方、私達の出会いとその後のプロセスを振り返ってみると、一つ一つの出来事をパズルのピースとすれば、盤面の設えられた所に定められていく感覚があり、あらかじめ設定されていたのではないかという実感もあります。

理想の人や生活は、追い求める先の遠いところにあるのではなく、自分を知り自分に気づいていくプロセスの中で自然に現れて来るのではないか、そんな感じがしています。

第八章　還暦のジューンブライド

わが妻を神の宝と知りし時　今までの日々報わると知る

真砂（まさご）ほど在る人びとの中に生く　君見つけしを喜びて謝す

（二〇一九年　誕生日贈歌）

願わくば郡上（ぐじょう）に君と還りたし　桜の蕾ほころぶ頃に

池の鯉われな忘れそ桜咲く頃に還らん郡上の里山（やま）へ

※な〜そ　〜するな　（この歌では「忘れないでね」）

痛ましと思えど茂る夏草を　倒し住き畑造るは楽し

君が代の「君」を変えなん妻が名に　これもまたわが愛の歌なり

海に生くはずのこの身のいつの間に　山中にても生くとなりしや

わが妻は米国大統領(トランプさん)にさも似たり　気は強く言い出したら聞かず

わが人生（みち）のいよよ変わりて加速せり　何人（なんぴと）たりとも止むるあたわず

届きたる郵便物の宛名見て　妻と同じ名になるを喜ぶ

吾（あ）が名呼ぶ寝言におどろけばここに　絆と愛しき寝顔のあり
（※おどろく　ふと目を覚ます）

新姓の印形を妻の渡しくれ　去りにし旧き名の日々想う

「石田さん」受付嬢の呼び声に　吾(あ)と識(し)るまでに暫(しば)しかかれり

かかりつけの歯科医のできて　新しき街での暮らし三月(みつき)を過ぎぬ

「雑言(ぞうごん)は縁も運気も遠ざく」の　君が言葉にうなずける朝

車窓より果てなき闇に眼凝らせば　我が家の灯火(あかり)しかと見えたり

魂と心を癒し成長（そだて）さす　相談員（カウンセラー）こそ大和みずほよ

イエス様の降誕祭も正月も　君と過ごすがいと楽しかな

嬉しきは常に賢ちゃん順（より）ちゃんと　互いを呼べる仲の良さかな

不器用な空さえ飛べぬピーターパンなれども　君をただ抱きしめん

瑠珂さんが三〇年以上暮らした街を離れる準備をしながら、徐々に一緒に暮らせる日が多くなり、二人で郡上の里山と横須賀の海の街を行ったり来たりする暮らしが始まりました。

事実婚を宣言してから七か月後の二〇一九年一月、ようやく瑠珂さんの引っ越しが完了し、市役所で転入届を提出する際には、夫（未届）と書くように教えられました。事実婚として公的に受理されたことは、驚きと共に嬉しい思いがしました。しかしながら、時間が経つにつれ、徐々に別姓でいることの不便さに直面するようになりました。子どもを育てる家庭ではないので、同姓にする必要はないと思っていましたが、改めて入籍を考えたとき、私達は夫婦別姓主義ではないことに気づいたのです。

生活スタイルを俯瞰してみると、瑠珂こと石橋賢吾さんが、みずほの姓の石田になる方が自然であり、瑠珂さんも「自分が改姓することに抵抗はない」と言ってくれました。息子の改姓を寂しく思われるのではと懸念していた御尊父様は「最初に会った時にそうなるのではないかと予感していましたよ」と仰って快諾してくださり、気丈にひとり暮らしの選択をしていらっしゃることに感謝しています。みずほの兄達も「ふたりの選択を尊重するし、反対の理由は何もない」と言ってくれました。

結婚の決断も、改姓の選択においても、二人には長い間高い壁のようにも思えていたハードルでしたが、行動してみたら、あっさりと実現していきました。当然と言えば当然のことながら、結婚は当人たちの自由意志でよいことを実感しました。

入籍においては、養子縁組でない限り、女性が夫の姓に改姓するものだと思い込んでいましたが、姓の選択は自由であり、婚姻届で夫か妻の姓の選択欄のレ点だけであると知ったことも新鮮な驚きでした。今まで乗り越えられない壁を作っていたのは、自分自身の幻想であったのではないかという思いがしています。

二〇一九（令和元年）年六月二七日の大安吉日、岐阜県郡上市の地を本籍地に選び、入籍の手続きをしました。瑠珂さんは、五十五歳にして改姓し、みずほは還暦にして、計らずもジューンブライドになれたのでした。

みずほは、瑠珂さんが単独で出展していた癒しイベントに同行する機会が増え、また二〇一九年一月から二人で始めていたインターネットラジオ番組「ルカとみずほの怪しく真面目なハチャメチャンネル☆アハ！〜ン・モーメンツ」は、入籍を機にますます二人の息がぴったり合うようになり、一年間で約二十七万回、二〇二〇年一月単月では、約二十万回の聴数を獲得するまでに成長しました。長い間、結婚・入籍には躊躇していた二人でしたが、婚姻によって相互に補完しあい、二人のパワーが相乗効果となることを実感しています。

女性は特に、「真実の愛」「永遠の愛」という言葉に憧れますが、瑠珂さんの短歌には、永遠という言葉が度々織り込まれています。短歌からとった「君想うこころ変わらじ」を本書の題名にしたいという瑠珂さんの提案に、「大丈夫？　人の心って変わるものよ」と、やや懸念を持ったみずほでしたが、相手の心が変わることを心配するのではなく、自分が相手を愛する努力は自分の掌中にありますので、可能ではないかと思い同意しました。真実であるかどうかは、時間の流れの証明に委ね、未来を楽しみにしていきたいと思います。

第九章　一緒にいてくれてありがとう

わが腕(かいな)取る君の手の温もりよ　終車に乗れば燃ゆほど熱く

可愛きは我にもたれて防備(かまえ)なき　君が寝顔よ江ノ電の中

これ妻よ我を笑うな肥(ふと)りしは　君が馳走(もうけ)の多きがゆえよ

先案ずよりまず料理君作れ　葡萄酒(ワイン)を求め吾(あ)は街に出ん

郡上にて草取りに燃ゆわれに今朝　サザエさんのごと君また笑う

父のもと離れ相模に妻と戻る　道すがら陽と富士の微笑む

別浴の温泉に入る時こそは　君と持ちたき糸電話かな

君を日に最低五度は笑わする事こそ　愛してるのサインよ

いかにせん愛車の扉開(ひら)かざり　嘆ける君が手には目薬

「すばらしや小清水源太」著名(ちょめい)なる歌手の名を聞き誤りし君

「見よここは　おおはらおんなの小路なり」『そは大原女(おはらめ)よ』笑い止まらず

ポンチョ着て笑顔の君に女性(ひと)の来て　女袴(スカート)の裾の巻き込みを告ぐ

『ほ』かなら『ず』誰「より」き『み』が全て【さ】『と』
い『ま』「こ」の想いい【ざ】『や』伝【え】ん

※『』を逆からつなげると『やまとみずほ』
「」と【】は最初からつなげると、それぞれ「よりこ」【さざえ】

「妻と友と　世よつつがなく」我が庭の四つ葉に祈る野分（のわき）の前に

大野分（おおのわき）恐るる君の手を握り　激し雨風聞きつ添い寝す

（返歌）

暁に目覚め微笑む君在りて

手の温もりに我が幸深し

（みずほ）

瑠珂の付記・二十四年目の御蔵島

二〇一八年六月三日朝六時、私は伊豆諸島・御蔵島（みくらしま）の港に降り立った。一九九五年から毎年、時には年六回も七回も訪れていて、もはや今となっては新鮮味も何もあったものではないが、今回の訪問はいささか趣を異にしていた。美女を同伴していたからである。その美女こそ、妻のみずほだ。

「野生のイルカと泳ぎに行く?」と聞いたら、しばらく不安気に迷っていたが、最後は「是非!」と快諾してくれたため、ならば二人で出かけて、ハネムーンにしてしまおうと思ったのだ。みずほは、御蔵島にはこれまで訪れたことがないだけに、かなりドキドキしていた。

民宿に到着し、宿のスタッフからドルフィンスイムについての説明を受けた後すぐに、御蔵島の守り神として、昔から信仰されている稲根神社の拝殿に参拝した。みずほは、境内で天然記念物のミクラミヤマクワガタを発見して大喜びしていた。なかなか見つかるものではないので、何たるラッキーレディかと驚嘆した。

午後、ドルフィンスイムのため海に出る際、私達が乗せてもらう漁船の船長のM氏にご挨拶した。「結婚しました。ハネムーンで参りました」と言うと、Ｍ氏は腰を抜かさんばかりに驚いていらっしゃった。「え〜!?、賢ちゃん（瑠珂の本名・賢吾の愛称）、本当にハネムーンがここでいいの？　何も出ないよ」「私は、是非Ｍさんの所でお願いしたかったんですよ」

みずほが心配していた、彼女に合うサイズのレンタルのウエットスーツがあるかという問題は何とか無事クリアし、一四時過ぎにさっそく海に出た。みずほは、まだシュノーケルの使い方をマスターしておらず、練習の際に海水をやたらと飲んでしまったらしい。「潜らなくてもいい、海面に浮かんでいるだけで、十分にイルカを見ることはできるよ」とアドバイスした。

いよいよイルカと遭遇、みずほのすぐそばにも何頭かイルカが興味を示して近づいてきてくれたそうだ。「まるでキスをするかのように、本当にすぐそばまで来てくれたのよ」と、みずほは少女のように無邪気にはしゃいでいる。この無邪気さに、私は惹かれたのかもしれない。明るくフレンドリーな彼女だからこそ、イルカ達も安心して、そばまで来てくれたのかもしれないのだ。ドルフィンスイムデビューは、みずほに大きな癒しと新たな世界をもたらしたようである。

これまたラッキーなことに、この日の御蔵島の海況は、年に数日の、なかなかお目にかかれないほどのベタ凪だった。この海況が翌日もまた翌日も続いたのだが、やはりみずほはラッキーレディなのかもしれない。もしくは、私の日ごろの行いが良いからであろう（多分、後者）。

夕食の際には、みずほは同宿の客達に、「私達、ハネムーンなんですよ」と、気軽に声をかけていた。民宿の食堂は、自然にM氏を含めた飲み会になっていった。そこへ、M氏から連絡を受けた御蔵島村の村会議員K氏が、ギターを抱えて登場した。

「賢ちゃん、おめでとう。イヤ〜、本当にびっくりした。賢ちゃんは不器用だし、イルカが恋人だから、一生独身だと思っていたよ。ね？　M君」（M氏も村会議員）

「うん、毎年一人でここに泊っていくからなぁ。今年は、女性と来るというから、どんな人と来るのかと思っていたら、まさか奥さんと一緒に来るとは……」と、M氏もまだ驚いていらっしゃる様子だった。やがて、M氏とK氏は、口をそろえておっしゃった。

「奥さん、賢ちゃんと結婚してくれて本当にありがとうございます。この男は本当にいい奴なんだけど、恋愛には消極的だから、多分この先も独身だと思っていました」。その言葉を聞き、みずほは大笑いしていた。M氏のふるまい酒と、K氏のギターと歌が非常に嬉しくありがたい、愉しい夜だった。

翌日、かつて大変お世話になった、今では廃業している元民宿を訪ねた。ここは、村長H氏の自宅でもある。H氏は不在であったが、元女将のQ子さんが歓待してくださった。Q子さんも、「石橋（筆者の旧姓）さん、おめでとうございます。奥様、人命救助をしてくださって本当にありがとうございます」とおっしゃるのだった。これではまるで、私がどうしようもないろくでなしみたいではないか。やはりここでも、みずほはQ子さんの私についての暴露話を聞きながら、ケラケラ笑っていた。このどうしようもない奴と結婚してくれたみずほには、ただただ感謝でいっぱいだ。

みずほは、海に出る経験を積む度に、次第にドルフィンスイムに慣れてきた。さすがの適応力である。二人で手をつないで、海面に浮かんで泳ぐ「海中散歩」が、ドルフィンスイムよりも楽しく感じた。みずほも、「この時の瑠珂さんは、とても頼もしい」と言っていた。

あまりにも海況が良かったため、三日目の午後のドルフィンスイムでは、普段はなかなか上陸できない御蔵島の名所・白滝に上陸したほどだった。崖だらけで砂浜がなく、浜辺には丸い大きな石がゴロゴロしている危険な場所ではあるが、みずほも果敢にこの厳しい自然に挑み、見事に上陸を果たした。二人で、御蔵の深い森の中へも入った。他に人影はまったくなく、二人だけの貸し切り状態だった。みずほは、樹木に抱きつくなどして、森と一体化していた。

このハネムーンの最中に、私達は相次いで、フェイスブックで結婚を発表した。私達とつながりのある方々の「狂騒」は、まさにすさまじいものだった。祝福のコメントが殺到し、返信するのが大変なくらいだった。「世間をお騒がせしましたことを、国民の皆様に深くお詫び申し上げます」と、私は書いた。

明日は島を離れるという夜の飲み会の際に、M氏が手配して、島民の方が作ってくださったウエディングケーキが出てきた。私とみずほは、喜んで入刀させていただいた。同宿の方々もスタッフの皆様も、笑顔で拍手してくださった。

最終日は予定を入れず、朝からのんびり過ごした。外は四日目にして、ハネムーンで初めての雨だった。島民の皆様のご厚情に感謝しつつ、昼過ぎに竹芝港行きの汽船に乗って御蔵島を離れた。


この二か月後、私は仕事を辞め、みずほが住む街に転居すべく準備を始めたが、完全に転居するには、翌年（二〇一九年）の一月まで待たねばならなかった。三十年以上怠惰なひとり暮らしをしていた私の部屋の中は荒れ放題だったが、なかなか進まなかった断捨離をみずほは手伝ってくれたし、こんな情けない私を受け止めてくれた。おかげで私は、ようやく新しい街での新しい暮らしを始める事ができた。本当にありがとう。

このハネムーンから三日後、江ノ島にて、みずほも共著者として参加した本『カウンセラー物語～心に寄り添う二十一人の軌跡～』（湘南社刊）の出版記念パーティーが賑やかに開催された。一人あたり二分の持ち時間の著者のアピールタイムでは、みずほは自分の文章にはまったく触れず、ハネムーンの話ばかりしていた。しかも、「私、自分で何を書いたか忘れちゃった」とのたまう始末であった。おかげで私は、パーティーの主催者に捕まえられ、みずほが話をしている横に押し出され、「お相手はこの方です‼」と、派手に紹介されてしまった。計らずも、披露宴の挨拶代わりになったかのようだった。

この出版記念のパーティーの主催者の一人こそ誰あろう、私達が出逢うことになった横浜中華街のランチ会の主催者であり、私達の事実上の仲人になってくださった夫婦問題カウンセラーの渡辺里佳さんである。みずほ・里佳さんと楽しく過ごした中華街でのあの雨の一日が、良く晴れた江ノ島でのこのパーティーのひとときに繋がるとは、まったく想像だにできなかった。人と人との巡り合わせとは、本当に不思議だと改めて実感し、感謝する次第である。

皆様から「瑠珂さんとみずほさんは、私達中高年の希望の星ですよ！」「既婚している夫婦達の憧れ、お手本になってくださいね！」というお声を頂戴した。ある四十代の独身女性に至っては「私、女瑠珂になります！　まだ今は相手がいないけれど。絶対に結婚を諦めません！」

とおっしゃったほどだ。かつては、ずっと私だけで「帰還」していた御蔵島だが、これからは毎年みずほと帰還する。みずほとイルカのツーショット写真を撮ることが、私の夢だ。

「君想う　心変わらじ」

みずほの笑顔と、罪のない、しかし笑いを禁じ得ない天然ボケっぷりを見る度に、私のこの永遠の誓いは、ますます深く心に刻まれていくのである。

なお、本書のタイトルは、七十三ページの一首目

これほどに　野暮なるわれも　君想う　こころ変わらじ　消え去りもせず

の三句目と四句目を引用して、命名したものである。

跋（あとがき）

歌人のはしくれとして、自分も歌集を一冊でいいから是非出してみたいと以前から思っていたのだが、単なる夢で終わるだろうとしか結論付けられなかった。

ところが、この夢はかなったのである。

私にとっては、初めての書籍が誕生する事となったのだ。人生、何が起こるかまったくわからないし、簡単に諦めるものではないと、改めて思い知らされた。妻になってくれたありがたい女性との出逢いが、この本の刊行にまで私を導いてくれたのである。

かつて、短歌は感動を詠んだだけではなかった。男女が互いの気持ちを込めて贈りあった、三十一文字のラヴレターだった。もちろん、それが何往復もした場合もある。今の歌謡曲の歌詞よりもよほど大胆だし、中身があると感じる歌のやりとりも多数見受けられる。短歌は風流で優雅な、世界に誇って良いジャパニーズ・ショート（ラヴ）ポエムなのだ。それが現代に甦っても良いではないか。いや、キザだの何だのと思われようとも、私のように短歌を贈って愛を伝える男女が、もっと日本に増えてほしい。ラヴレターは三十一文字で！　と叫びたい。

幸いにして、五十代の半ばにさしかかった頃に、愛の短歌をいっぱい贈る事ができる相手が出現した。その人こそ、妻の大和みずほである。彼女は最初は戸惑いや驚き・照れもあったようだが、次第に喜び、おもしろがって私の駄歌を受け取ってくれるようになった。これに勢いを得て私は恋の歌を量産したのだった。みずほに贈った歌は七百首を超えるが、その中から選んだ三百二十四首と、みずほからの私への返歌一首を収録したのが本書である。

「まったく、よくやるよ」「暇で古くてキザな奴だな」とお思いの方もいらっしゃるであろう。何しろ私自身が、自分に対してこう思っているほどだ。だが、この本に収録した短歌も含めて、妻に贈った歌はすべて、偽りなき真情を、真実を記した日記なのだ。今にして思えば、一緒にいる時よりも、離れている時のほうが、妻に向けた歌を量産できていたものだ。こんなキザな短歌バカが、この世に一人ぐらいいても良かろう。いにしえに倣って、告白タイムに、気に入った異性に歌を贈る「短歌合コン」があっても良いのではないかとまで思っている。

妻によると、五七調、すなわち短歌には世の中を整える力があるそうだ。ならば、私はこれからも、世間を整えるべく精進するのみだ。そして愛に溢れた短歌を、世界に広めていきたい。妻の出身地が、短歌の里として名高い古今伝授の里である郡上市大和町という事も、妻と短歌に少なからず縁を感じる事実である。

本書の刊行に、大いに助力してくれた最愛の妻・大和みずほこと石田順子(よりこ)に、心から謝意を表す。妻との出逢いなくしては、本書の誕生はあり得なかった事は間違いない。出会ってくれて、ここにいてくれて本当にありがとう。こんなひねくれ者と結婚してくれた事に、ただただ感謝である。

そして私の短歌の師である伯父の故・村松廣(ひろむ)と、元・神奈川県茅ヶ崎市立鶴が台中学校教諭・目黒正八郎先生に、謹んで本書を捧げる。

伯父の息子、つまり私の従兄弟は腕白坊主で、短歌にはまるで興味を持たず、見向きもしなかったため、私が歌人となるべく、伯父の後継者として選ばれた。外で友達と遊ぼうとはせず、本ばかり読んでいて、わが両親には悩み・嘆きの種だった私の存在を、温かく受け容れてくれた伯父には、感謝して止まない。私が二十一歳の時、伯父は四十代の若さで早逝してしまい、そのショックで一時は短歌から離れた。だが一年後に、従兄弟が見せてくれた伯父の短歌創作ノートの中に、私の誕生を祝福する歌が、まさに私の誕生日の日付で記されているのを見つけて感涙にむせんだ。この歌のおかげで、私は再び短歌を詠むようになったのだ。廣伯父さん、ありがとう。

目黒先生は、私の感性をより豊かにしようと、短歌の本を貸してくださったり、短歌の会に連れて行ってくださったりした。先生のご指導のおかげで、短歌のイベントで私の駄歌が入選という、望外の喜びに浴した事も、懐かしい良い思い出だ。

終わりに、本書の刊行にあたっては、株式会社湘南社代表取締役・田中康俊さんに、多大なるご支援・ご尽力を賜った。ここに記して、衷心より深く謝意を表す次第である。

二〇二〇年二月吉日　海神 瑠珂

海神瑠珂（わだつみるか）本名：石田賢吾（いしだけんご）

「ワイルド・クリエイティブ・アーティスト」（歌人・水中写真家・ヒーラー・ラッパー）
筑波大学比較文化学類卒業
筑波大学大学院修士課程教育研究科修了　教育学修士
小３から短歌を始め、歌人の伯父・村松廣に師事。
1995年より伊豆諸島・御蔵島にて、野生のイルカ達と泳ぐドルフィンオーシャンスイムとイルカ達の水中撮影を同時に始める。イルカの写真展（個展）や講演を全国各地で開催。
2016年より各種のヒーリングイベントに参加。短歌やイルカのオリジナル写真を使用した独自のセッションを次々編み出して話題となる。
2018年　大和みずほと出会い事実婚生活に入る。2019年入籍し旧姓：石橋から現姓となる。
癒し・創造性の発揮を目指し、自然の中でナチュラルに生きることを大切にしている。
《メディア出演》
・2017年　渋谷クロスFM、北千住C waveの番組にゲスト出演
・2019年　1月よりホンマルラジオのパーソナリティとして夫婦で活動。

Mail：mikuran.kengolphin@gmail.com
Face book：http://www.facebook.com/kengo.ishibashi.75
アメブロ：https://ameblo.jp/wild-doser-mkr/
ホンマルラジオアーカイブ
：http://honmaru-radio.com/category/lucamiz/

大和みずほ（やまとみずほ）　本名：石田順子（いしだよりこ）

「マインドセラピスト」（心理カウンセラー、メンタルセラピスト、コーチ）

航空会社のCAとして34年間勤務し、両親の介護のため退職。4年間の介護生活の後、海神瑠珂に出会い結婚。LINEトークケアお悩み相談員、女性専用電話相談ボイスマルシェ相談員。海神瑠珂とラジオパーソナリティ、ヒーリングイベントに出展。実家の里山で農作業をし、都会と田舎の2拠点生活を楽しんでいる。

瑠珂と共に、世のため人のために活動し素敵に輝いている人の紹介をして、多くの皆様に愛と笑いと喜びを届けることに最高の幸せを感じている。

《著書》

・『さぁ、運を引き寄せる達人になろう！』文芸社　石田順子著
・『カウンセラー物語～心に寄り添う21人の軌跡～』
湘南社　共著本
・『仕事も愛も』ギャラクシーブックス　大和みずほ著

《連絡先》

・Face book：https://www.facebook.com/yoriko.ishida.54
・アメブロ：https://ameblo.jp/hanakaiunjyuku
・ホームページ：https://hanaconsulting.jp/
・ＬＩＮＥトークケアお悩み相談 石田より子のページ
https://line.me/R/ti/p/%40talk_care_ef_18

・女性専用電話相談ボイスマルシェ大和みずほのページ
https://www.voicemarche.jp/advisers/162

君想う こころ変わらじ ―人生 100 年時代のラヴストーリー ―

発　行	2020 年 3 月 24 日　第 1 版発行
著　者	海神瑠珂　大和みずほ
発行者	田中康俊
発行所	株式会社　湘南社　http://shonansya.com 神奈川県藤沢市片瀬海岸 3 － 24 － 10 － 108 TEL　0466 － 26 － 0068
発売所	株式会社　星雲社（共同出版社・流通責任出版社） 東京都文京区水道 1 － 3 － 30 TEL　03 － 3868 － 3275
印刷所	モリモト印刷株式会社

©Luca Wadatsumi Mizuho Yamato 2020,Printed in Japan
ISBN978-4-434-27301-8　C0095